风物

青简 著

新世界出版社
NEW WORLD PRESS

图书在版编目（CIP）数据

风物 / 青简著 . -- 北京 : 新世界出版社 , 2020.5
ISBN 978-7-5104-7049-3

Ⅰ . ①风… Ⅱ . ①青… Ⅲ . ①随笔－作品集－中国－当代②摄影集－中国－现代 Ⅳ . ① I267.1 ② J421.8

中国版本图书馆 CIP 数据核字 (2020) 第 033509 号

风 物

作　　者：青　简
责任编辑：周　帆
责任校对：宣　慧
责任印制：王宝根　苏爱玲
出版发行：新世界出版社
社　　址：北京西城区百万庄大街 24 号（100037）
发 行 部：（010）6899 5968（010）6899 8705（传真）
总 编 室：（010）6899 5424（010）6832 6679（传真）
http://www.nwp.cn
http://www.nwp.com.cn
版 权 部：+8610 6899 6306
版权部电子信箱：nwpcd@sina.com
印　　刷：小森印刷（北京）有限公司
经　　销：新华书店
开　　本：710mm×1000mm　1/16
字　　数：300 千字　　印　　张：16
版　　次：2020 年 5 月第 1 版　　2020 年 5 月第 1 次印刷
书　　号：ISBN 978-7-5104-7049-3
定　　价：88.00 元

目录

自序

典藏中国时间

子在川上，看到逝者如斯，也不过感慨一句，大约不曾想过去挽留。掬水在手，一饮而下，就此神清气爽而去环游列国了吧。在一往无前的光阴之河中，如果有人试图去收藏浪花，图像文字会是盛放这一川逝水的容器吗？我们谁也不知道，就像不知道时间的形状与颜色，甚至不知道它到底是什么。

我曾经不倦地在中国大地上行走，以为跨越的是距离，却恍然发现，自己触及的也终究是时间而已。科学家认为，我们感知到的所谓时间和空间仅仅是物质和运动的延伸。想象一下，如果世界上所有的运动都停止了，我们根据什么知道时间在流逝呢？所以说，时间不是立体的，但我为什么还能感受它的宽度与深度呢？

古堡从夕阳中逐渐隐没了面庞，为了追赶最后的余光，我笨拙凌乱的脚步，扬起粗砺砖石上的尘土。边塞的风吹低了牧草，马蹄声声掠过古遗址的黄昏，一个旅人与一个王朝擦肩而过。禅寺的早课钟声响起，初日照高林，花木深深，香烟缭绕中的诵经，是否能抵达有你的彼岸。江南的梦还不愿醒来吗？桨声欸乃中，宜小酌，宜浅醉，宜向灯火阑珊的岁月深处去。小园里的日子很慢，读书、喝茶、日影倾斜得都慢，可以花很长时间去完成一件事，也可以只是虚度光阴……走过的路那么多，看过的风景万水千山，都只是从时间的这处到了那处，抬眼望去，还有无尽的未知之处。

老宅屋檐上的雨落下，你喜欢听着它入睡，点点滴滴，滴得穿石阶，滴不穿时间。很多次日出日落以后，雨变成了雪，纷纷扬扬落在大地上，河流凝固，只有冰层之下的暗流涌动，一如这仿佛静止的日子里，步履不停的岁月。冬去春来，为了等一朵花开，你愿意花多久时间？一朵花开之后呢？四季轮回中的花开花落，从不为了等一个人驻足。走得多了，不妨坐下喝一杯茶。有人说茶是时间的收藏者，一口甘苦中，有阳光雨露和时光共同酝酿出的绵长滋味。是不是人生太漫长，所以我们需要各种时间刻度去梳理？是不是人生太短暂，所以我们需要不同的节日节气去纪念？当越来越不会为一个人动心时，却越来越容易迷醉于自然流露出的每一次感动，千言万语，不过也是从光阴的浅处走到深处，如你愿意，亦可以沉入更不可测的深渊。

时间，有时是狭隘的，狭隘到让人难以喘息；有时也是那么宽阔，能容纳无数思想，让人漫无边际地款步。它是最薄情的，会让人措手不及；可也是最深情的，多年沉淀下来的吉光片羽，织成漫长人生中最温暖的慰籍。所以才会有人起了奢念，想要去收藏时间，就当是痴人说梦吧，有痴有梦，总好过无知无觉。

年少的时候，懵懵懂懂过日子。春去秋来，花开了不过看一眼，雨来了不过撑把伞，所有精力都浪费在为赋新词的无病呻吟里，何曾真正去感受一番天地之美。爱上拍照以后，有一句话常常爱说：在这个不那么完美的世界里，我们更需要有一双发现美的眼睛。直到时光荏苒，才逐渐觉得，已经不那么在意能不能找到想要的，发现的过程，远比美好本身重要。而这个过程，时间就是最好的见证人。那种我自岿然不动的美，是多少风云变幻所无法企及的。

在与时光的交锋中，我赢不了，也输不起。唯有握手言和，和当下在一起，进入它，享受它，离开它。时间无岸，流年似水，即便只是短暂一程，也愿与你同行。

青简

第一章

雪落

风物

雪落姑苏

雪生而冰冷，但落在姑苏的雪，却有了温柔与热度。

江南冬季虽然湿冷，但大多时候还未曾冷到冰点以下，这样的气候留不住积雪，所以在江南见到的雪都是新雪。这个地方的人，要赏刚开的花，采时令的果，吃最当季的蔬菜。连下的雪，也是带着新鲜的热乎劲儿。于是一场雪无疑是一场盛宴，从姑苏城里第一片雪花飘落，人们彼此奔走相告，相约游园赏雪。毕竟，要在合适的时间地点，遇见合适的雪，有时候比人世间所有邂逅都难。

难流连，易消歇，这新鲜的雪，来得快去得也快。旧雪被脚印弄脏了，才像是灰苍苍的人世间可以亲近。好在更多时候，我庆幸它们还不曾沾染上泥土，就已经融化，在屋檐下滴答不绝。雪告别时，抖落尘埃，无声变作了有声。

其实要说雪落无声并不确切。那晚我宿在姑苏城里，枕着簌簌沙沙而眠。才知道雪也可以是如此热闹的。尤其在江南，有未冻的池塘，鳞鳞的檐瓦，还有岁晚也不曾凋零的竹木，哪个都不甘寂寞。“夜深知雪重，时闻折竹声”，古人诚不我欺，晚明文人高濂在《山窗听雪敲竹》里写道：“飞雪有声，惟在竹间最雅。山窗寒夜，时听雪洒竹林，淅沥萧萧，连翩瑟瑟，声韵悠然，逸我清听。忽尔回风交急，折竹一声，使我寒毡增冷。暗想金屋人欢，玉笙声，恐此非尔欢。”愚钝如我，大概只会觉得扰眠吧。

白日里更是热闹，雪满园林，依旧看得到松柏的绿，闻得到蜡梅的香气，甚至还能听见溪流的水声。“江南雪，轻素剪云端。琼树忽惊春意早，梅花偏觉晓香寒”。如此善解人意的雪，从未带来严冬的绝望，只有暗送早春的秋波，怎教人不喜欢得紧呢。

好容易盼来雪，人们自然也不能闲着。“同为懒慢园林客，共对萧条雨雪天”。古人看似懒慢，但若做起些风雅事，还是热切得很，这才不辜负一番美景。唐代诗人陆龟蒙有诗云：“闲来松间坐，看煮松上雪”。《红楼梦》中的妙玉也曾收了梅花上的雪，留着烹茶用。松上雪，有清冽的木香。梅上雪，有清幽的花香。这些都是煮茶的好雪。小园初霁，邀三两好友围炉，以冰清之雪，煮成滚沸之茶，看着窗外皑皑之景，真是天上人间，清妙绝伦。

园林多花木，踏雪寻梅是断不可少的幽赏之事。“梅须逊雪三分白，雪却输梅一段香”，大约只有此时才能两全。宋人曾几喜欢雪后折梅放置灯下，“窗几数枝逾静好，园林一雪倍清新”。万物萧瑟的冬天，从雪中折几枝梅花，于案头灯下暗吐芬芳，虽无红袖，也能添香，可谓别有文人韵致。

往事都早于融雪而淡去，如今的园子喧闹了许多，更寂寞了许多，喧闹都是别人的，只剩寂寞留给自己。待游人散尽，仅余月色和雪色相伴，多年以来，纵使绝色也早已苍老。唯有此时薄雪新妆，才能窥见一些昔日繁华。

一捧雪，攥紧后终究会变成水滴离开，你还不回家吗？听说窗前的蜡梅开了，折一枝想不起该送给谁。今夜是合适回忆的，或者还有独酌，但愿无论想起谁的时候，都有新雪悄悄落下。

夜深知雪重，
时闻折竹声。

墙角一枝梅，
凌寒独自开。

自从可园修缮重开后，
唯有在雪中才能真正见识到它的美。

‹
年关将近时的雪，
在等一个千里未归人吗？

^
风雪中，
需要一盏温暖的灯。

耦园码头，昔日舟楫往来的热闹，
都转身让给了这场雪。

有人说，
江南的雪看起来总是很温柔。

松柏抖落簌簌积雪，
依旧长青。

梧桐剩下最后的坚持，
风雪飘摇。

雪满匡庐

久居于乏雪的城市，冬季总觉得缺了点什么，连梦的底色也泛着银白。不能去北方的时候，我会去山中等雪。

山是庐山，旅途一开始并不美好，因为山路结冰，车子打滑被困，折腾到天黑才赶到牯岭住下。一夜无雪，山里前日的残雪与冰淞逐渐消融，好在阴云似早就在酝酿下一场浩荡的风雪，仿是一种带着蛊惑的预言，让人忐忑又安心。果然待第二天凌晨醒来，看窗外灯下，雪已然纷纷扬扬多时。

自古匡庐奇秀，甲天下山。如今在这一场初雪里，群山浩荡连绵，由明亮的深蓝化为一片黑白水墨，显得更加沉寂无声，透出一种坚定不移的写意风骨。锦绣谷中云气升腾，吞吐着峡谷山峦，仿佛要抹去仅剩不多的眼前风景，只待重新画上一个混沌而剔透的雪后天地。芦林湖上水雾氤氲，远山一抹，长桥一痕，湖心亭一点，只可惜无舟可乘，无酒可饮，亦无亭中赏雪之人可遇。

行于山径，不顾风雪满眉眼，飞絮盈白头，只想贪看多一刻的此时此景。又仿佛梦境般，怕醒来太快，不敢停歇地在雪中踽踽而行，只有身后脚印才能让人有真实感。一路邂逅的，除了几个游客，就只有黄龙寺中的一位老僧。两日山中，仿佛经年，所见所感已经让人忘言，美总在咀嚼中回味出更多。这山这雪，让我想起以往看过的古画，郭熙的《雪山图轴》、范宽的《雪景寒林图》、黄公望的《九峰雪霁图》……

有意思的是，在唐代及唐代以前的绘画中，极少看到雪景。彼时画家们或许尚未找到合适的方式，去表现雪这样奇妙的景观。唐代画家张彦远在《历代名画记》中谈到“云雪飘扬，不待铅粉而白”，意思似乎是当时有不少画家，只会用白粉去描画雪和云气。及至宋代，山水画渐臻成熟，如何画好一座山、一处水、一片林、一块石、一棵松，技术上早已不是问题。画家们的理想是如何通过景物营造，用画笔来表现出宇宙与自然的内在规律。而那些变幻万千的雨雪云雾，是让人尤为着迷的景观。

北宋画家郭熙在《林泉高致集》中讲到如何用墨去表现雪景：“雪色用淡浓墨作浓淡，但墨之色不一而染就。”画法的高低，就体现在对于雪景的理解和营造，以及对于墨色渲染与层次的微妙控制之中。比《林泉高致集》更详尽地阐述画山水之法的是晚一辈的宫廷画家韩拙所写的《山水纯全集》，其中写道：“雪者有风雪、有江雪、有夜雪、有春雪、有暮雪、有欲雪、有雪霁。凡雨雪之意皆本乎云色之轻重，类于风势之缓急，想其时候方可落笔……然穷天理之奥，扫风雪之候，曷可不深究焉？”也许就是从无数个风雪之夜后，画家们的目光由人物转向山水，他们的理想也从辅助政治人物转到展现无穷的天理奥妙。

我在归来后草草记录下那日行踪：“戊戌岁末登匡庐，恰逢大雪。万木缟素，千山白头，行花径，过仙人洞，至大天池，飞鸟俱绝，人踪尽寂。入黄龙寺，唯遇老僧一人，相对无言，同看此雪。待次日雪霁下山，恍若一梦。”看过太多风景，如今也只剩下一片寸心不老，能陪你看天地白头了。

锦绣谷中，
云雾缭绕。

芦林湖前，
风雪无边。

寻常山寺，
在雪中也惊艳了许多。

^
雪后雾凇，
有时比雪更晶莹动人。

›
是泉，是瀑，
现下都归于冰雪的统治。

如果有人冒雪而来，
坐下只为听听雪落的声音。

白雪皑皑，
灯火昏昏。

冰与雪，
是天地万物最神奇的装点。

雪之故乡

故乡应该下雪，至少理想中的故乡应该这样才对。给决绝而去的季节撒上一把盐，记忆就能长久地保鲜，等围炉夜话的日子里，用来下酒。

我去了东北，那里有广袤的土地，漫无边际的森林，也有峰峦叠嶂的绵长的山脉。深秋时节，层林摇落，群山苍莽。田野上，村庄里有一种尾声般的萧瑟。这里的冬天，是冷峻癯瘦的，只能等一场场雪落，慢慢养出丰腴的肌骨。北方的雪与心情有关，与远行无关。大雁飞往他乡，游子回到故园。只有天上的云朵，野生野长，随意飘过村庄。逝去的日子碎成雪花，扑簌落满肩头，瞬间铺天盖地，扫尽山川平原。尽管行路艰难，它也不愿回头。没有什么比时间走过的痕迹更动人，一如你的白发盈头。

风雪停息的日子里，空气格外透明，呼吸舒畅透彻，就连呼唤的声音也异常空旷而辽远。积雪慢慢厚起来，雪地里也就热闹起来。打雪仗、滑爬犁……堆雪人的孩子们有点着急，总也没堆成一个像样的雪人。他们不知道，这时候的雪太疏松干燥是不好成形的，只有等到明天，雪在地面上沉积一段时间，才能不费多大力气堆积起一个漂亮的雪人。等孩子们玩够了回家，桌上饺子的热度会熨帖每一颗寒冷疲惫的心。入夜后，寒冷的天空上缀满最璀璨的星星，村子安静得仿佛听见了雪落的声音，又像是某种小动物，轻轻浅浅地走过松软如积雪的梦。第二天早起，人们就会看见雪地上开出一朵朵梅花。

也许在城里长大的我们都有这样一处理想中的故土，它立在雪原中的身影让人着迷，尽管随着夕阳西下而逐渐拉长摊薄，却依旧能温柔地拥吻着被钢筋水泥包围而日渐苍白干涸的心。乡愁，便是通往那些臆想之乡的感伤旅程。

山林间，雪深可没膝，人们只有深一脚浅一脚，踏着前人踩实的足迹，才敢小心翼翼前行。在这里也许能明白雪的纯粹，它不是生来就为了粉饰什么，也不是生来就为了被什么沾染，因为总有些足迹到不了的地方。那里的积雪看似柔软、疏朗，似乎没有什么像它一样如此坦然，冷静地安抚住一整年的躁动。是雪就会覆盖尘埃，让人看见白，也守住黑，知道我们所该知道的，不去知道那些不该知道的。雪的下面，是溪流暗涌，是土地沉眠，是万物生长前的沉吟；是千言万语时的沉默，是悠远绵长之意的掩蔽，是给远方的你报平安。

那些不言不语的惊心动魄都已经在背后了，大地要扮演一个内敛而低调的作者，用干枯的笔，写成疏离平淡的编后语。每一个章节都需要句号，不必像落日那么圆，但必须掷地有声，如第一次踏上积雪的脚步声。以后的雪都会下在关于故乡的梦里，阳光也照进来。你偶尔走过的样子，显得不那么寒冷了。

啤酒
雪花
啤酒

^
厚实的积雪，
仿佛给木屋盖了被子。

›
大串红灯笼，
就像儿时馋过的糖葫芦。

‹
雪夜的一盏灯，
是为哪个还没回家的孩子而亮？

^
清晨的炊烟，
渐次唤醒这个雪村。

孩子与狗狗，
大概对雪都很好奇。

一个人与一头牛，
白茫茫的雪中便有了生机。

山顶有两棵树，
一棵是松树，还有一棵也是松树。

结了雾凇的两“姐妹”，
翩翩起舞。

^
迎着朝阳，在迷雾中也能前行。

›
苍老与婀娜尽然可以共存。

霰雪无垠

雪看似洁白、晶莹、温柔，终究还是骗不了亲密接触，无情的冰冷从指尖一直击中心头。

一次触摸已然如此深刻。我在塞外直面风雪的时候，才真正体会到它的残酷。以为辽远、苍茫、纯净的白，能让人忘却寒冷，谁知抵达乌兰布统的第一天，我就见识了白毛风的厉害。不知道谁起的名字，通俗却十分形象，风把地面干燥的积雪和天上落下的碎雪漫天翻卷，远远看去，天地交汇处就像长出了白毛似的。白毛从丝到缕，越来越长，触手一般把远山、近树、马群、牛羊都扯到这片倏忽变幻的白雾中，甚至连人也几乎不能幸免。风吹雪看似浪漫，实则有着痛彻心扉的冷，这冷分不清从哪里来。有风有白色的地方，就有它如蛆附骨的影子，从脖子、袖口等一切缝隙中与你抵死缠绵，仿佛要冷到天荒地老。待风雪慢慢平息，云淡天高得似乎一切没有发生过，只留下大地上伸展着一道道触目惊心的白色疤痕。

风雪弥漫，天寒地冻，往往意味着路途阻隔、步履艰难，以及大片空旷的寂寥。“燕山雪花大如席，片片吹落轩辕台”。在唐代，“雪”是边塞诗人写得最多的自然景象之一，他们大都以“雪”来渲染边关的荒凉、萧瑟以及将士戍守边关的艰苦，但绝不是气馁、消极、颓唐。冰雪虽寒冷无情，但它能给人以坚毅的意志力量和希望。诗人们笔下的雪景奇特而雄浑，博大而辽远，不会让人感到孤寂凄凉，反倒给人以苍劲刚毅的壮美，成为诗中人物豪迈气概的绝好映衬。岑参在《白雪歌送武判官归京》开头就展示出一个朔风怒号、白草摧折的塞外寒冬：“北风卷地白草折，胡天八月即飞雪。”这样一个严酷的环境中，人的精神反而是惊醒与警觉的。它不容你陷入凄凉哀怨的缠绵情绪里，不容你沉沦萎靡琐屑的儿女情长中。诗中并未诉述诗人的怨尤和抑郁，甚至对即将归京的武判官似乎也只是淡淡的惜别。“忽如一夜春风来，千树万树梨花开。”这样的奇美景象，使我们感觉不到他们有什么痛苦值得去同情和怜悯，反会羡慕他们的生活自有一种情趣，自有一种壮阔之美。

他们赖以对抗大自然的东西，不是外部的物质诱惑或者虚荣实利，而是内在的一种精神，这种精神大概可以追溯到更悠远的时代。“霰雪纷其无垠兮，云霏霏而承宇。”屈原到达溆浦后遇见的那一场雪，也曾如此决绝吗？冬天和死亡一样，已不是一种结束，而是一个伟大的起点。无数雪花落下，如黑夜中划空而过的流星，闪出一生最璀璨的光，至于长与短，便不再有意义了。

在这片雪原中，随便呵出的句子结成了冰，韵脚冷滞，意象凛冽，但是我知道它与温暖的开端只差一次翻页。俯下身子，仿佛就能听见万物涌动，河流解冻，和血液的流淌如此相似。在同一条路上，春天的脚步也依稀传来了铿锵声响。

天寒地冻，
挡不住赶马的汉子。

雪地中的奔腾，
会不会格外艰难一些。

我有点羡慕，
赶马大哥的皮帽子。

‹
一棵树与一匹马，
相伴无需言语。

^
牧归的牛，
走过雪原刮起的白毛风。

最后的夕阳，
给树林镀上了一层金色。

日光通过卷层云时，
受到冰晶的折射就形成了日晕。

在草原最寒冷的时节，
只有淡淡炊烟还见证着牧民们的坚守。

第二章

风雨物来

枝叶潇潇

有人问我，如何才能拍出有意境的照片？我说，等你什么时候爱上雨，就自然知道了。

嘉兴三月，草长莺飞。离开客栈的时候，院子里已经淅淅沥沥下起了小雨。我依旧一个人去了范蠡湖公园，进公园后雨势大了不少，初萌的柳芽是最新鲜的绿，笼在水雾里恍如一团轻烟，轻得下一刻就要散去。热闹的樱花和紫叶李在雨中也沉默着，没有路人，只能听见天地间的雨，落在天地间。于我而言，大多无法言喻的时刻，往往都是“只可自怡悦，不堪持赠君”。大雨，泥泞的路，湿透了的鞋袜，大多数人都会觉得不舒服，而我却因为眼前这花，这树，这雨水，这不曾熄灭的生机，想要一直走下去。

归来不多时便是上巳，偷闲半日，我又去了郊外遗址。大片油菜花不管不顾地开得熙攘，大约因为是工作日又下着雨，在田边石桥前等了许久，也不见一个撑伞的人走过。雨雾氤氲，不辨方向，只跟着雨的颜色走。是的，这里的雨有清冷的粉白色，河道两旁樱花如云似雪，远处桃林像是洇在墨色里的一痕落霞。转进一间禅寺，仿唐式的庭院空无一人，若非佛殿中的灯火和香烟，我几乎怀疑这是一间不对外开放的寺庙。院中两株樱花正怒放，这样稠密的花朵，此时连雨水也难以打落，谁能想象它不久之后便凋零满地。偶尔风过，檐铃清越动人，和着雨声，一点点落在暮色里不见了。

另一场寺庙中的雨，落在姑苏西园寺之秋。岁末江南，有着最丰富的色彩，几乎是连绵的雨水也不会洗褪的。寺中放生池前立着数棵硕大的银杏，此时已然金黄一片，但这绚烂的秋色，却不及池中的一片落叶飘零，一尾锦鲤游过。一滴雨水溅起涟漪，一个秋天就仿佛圆满了。寺庙后院，银杏与槭树的参差相杂，金黄与火红，两种喷薄欲出的暖色调，却被冷雨裹了一层，就像所有心中的热切，还没来得及出口，就藏在了沉默的躯壳中。秋天也如这雨隐忍、内敛、成熟、孤寂，看似无情，却收藏有万物的多情。

风也潇潇，无风也潇潇。先人们的诗词里，总能听得到雨声，湿漉漉地滋润着我们日渐枯萎的灵魂。无论是“天街小雨润如酥，草色遥看近却无”的蓬勃生机，还是“沾衣欲湿杏花雨，吹面不寒杨柳风”的朦胧喜悦，无论是“日暮酒醒人已远，满天风雨下西楼”的轻愁几许，还是“莫听穿林打叶声，何妨吟啸且徐行”的泰然自若，雨自然而然地浸透了千年。清人况周颐曾说：“吾听风雨，吾览江山，常觉风雨江山外有万不得已者在，此万不得已者，几词心也。”我们看到外面的风雨江山，对于一个文人来说，常觉除了眼前所看到的一种景物之外，还有一种万不得已、不能不说，又言之不尽的感情。所谓诗心词心，便犹如穿透了无边丝雨与雾霭，闪烁出生命光泽的万川之月吧。

已经记不得从什么时候开始，从旅行时遇到雨便觉索然无味，到现在偏偏凑着下雨天出门拍照。尤其最近几次住在客栈，夜阑人静时，总把一些风声、溪声，甚至是空调的噪声听作雨声，以为自己枕着夜雨而眠，醒来就能看到尘埃洗净的一片天地，可惜每每总失望。多久没有遇见一场淋漓酣畅的雨了呢？别人总说要把往事看淡，可我越发记得清楚，水雾的湿冷、土地的青草味和雨落在叶子上的沙沙声。

也许，只是我太想你了。

一叶知秋，鱼知雨否？

涟漪与游鱼让静止的画面动了起来。

一朵山茶绽放，不是为了开给谁看。

昔日来时，繁花似雪，如今再访，已是青梅如豆。

一夜风雨，红梅先老。

风也潇潇，无风也潇潇，不知是落花还是落雨。

广富林遗址，
宜赏雨，宜赏樱，宜赏春。

何物最关情，
枝上花，池中雨，岸边船。

山色空蒙

若碰上雨天，我就想去山里。或者说，若是要去山里，我就要选个雨天。那些因为雨而止步于家中的人们，我永远也不会告诉你，究竟错过了什么。

记得那年我在武夷山中遇雨，一路无人，但闻穿林打叶，鸟鸣泉咽。走狭道，过幽谷，苍苔满石阶，翠色湿人衣。行至碧石岩，茶场小憩，饮清茶数杯，食素面一碗，四顾漫山寂寂，唯有烟云缭绕。此岩盛产水仙茶，岩腰有一座清光绪年间重建的碧石庵，已半颓损，现为一处茶叶制作场。山谷里弥漫着隐世气息，岩壁上的树木与茶园，从新绿到浓绿的渐变。洇在密密的雨脚中的，是一种悠悠往事的颜色。雨在雾中扩散，打在层层叠叠的绿上，天仍是一半的阴浓，一半将被洗开，最妙的便是山中云雾，随风赋形，近时仿佛要涌进窗来，触手可及；远时又似乎缀在山巅，只可仰止。只看着此时云卷云舒，便让人永不厌倦。

当我再一次为烟云着迷，是在桃源洞赏梅时。一路沿九曲溪前行，雨时大时小，山路行不多时，见石崖相倚成门，桥下溪水清冽，婉转而入，内忽平旷，放生潭布列洞口，四面环山，宫观俨然。彼时天已黄昏，谷中白梅盛开之美自然不用说，只是愈加无法用语言表达的，却是雨中的云，云里的山，山上的松，无一刻不在变幻，无一时不在缠绵。痴痴看了许久，直到大殿里亮起黯淡的灯火，夜色逐渐模糊了山峦云雾，才想起去茶棚里喝上一口水。农舍里的大姐送了我们一个柚子，正好解渴，待回到山下，已是万家灯火。

这样的山中烟云，我也曾在浙南、皖南的山中不期而遇。每每在赞叹之余，无端就会想到“烟云供养”一说，道家谓“却吞食气”以祈长生，凭“烟云供养”可致长寿，此处烟云已不单指云雾，而泛指身处山水间以养生。可见自然山水是中国古人，尤其是文人墨客的精神家园，在游览中得到“烟云供养”，饱游山川异域风光，同时采撷造化自然之灵气而享受天地“供养”。

明代文学家陈继儒在《泥古录》第三卷中说道:“黄大痴九十而貌如童颜，米友仁八十余神明不衰，无疾而逝，盖画中烟云供养也。”“烟云供养”能不能延年益寿另待考证，但就画家来说它首先是一种不可或缺的艺术滋养。一个风景，一段烟云，烟云过眼多了，则胸中富于丘壑，笔下才能呈现万千气象的山水画。而对于欣赏艺术的我们而言，“烟云供养”也是审美的熏陶，总要在天地间呼吸吐纳山川烟云，才能读懂“天地间一段灵奇”的山水结构来。如果从一粒砂、一滴水中就能窥见山河云雨，那么也许就没有再行走的必要了。可惜或者是幸好，愚钝的凡人，还不曾有此顿悟的灵光，无论晴雨，只要行过这世间无数烟云，足迹也终能画成一幅不朽的作品吧。

曾在四明山区徒步时遇到前所未有的大雨，也见识了前所未见的白云青山，我回来后胡诌了一首《定风波》小词：“万顷幽篁笼碧纱，层林深处落烟霞。行过青山无尽路，何去？白云散却见人家。乍起疾风吹雨下，休怕，乱珠碎作水中花。莫道前途多险阻，徒步，一蓑一笠到天涯。”那么，在没有蓑衣和斗笠的时候，你愿不愿意和我共撑一把伞，看尽烟云聚散呢?

最爱冒雨进山，
只为那看不够的云雾。

大山无语，
任雨过，云过，雁过……

山村的晨，
云蒸雾绕。

因为大雨没有出门的人，
永远不知道错过了什么。

桃源洞的梅花，
最适合在雨中观赏

‹
山里宫观，
雾中恍如隔世仙境。

^
雾里看山，
是在南国才有的殊遇。

‹
一阵风过，
大王峰才露出隐约姿容。

^
远处的那棵松，
如今已经倒下了。

闲敲檐瓦

如果去一个小镇，艳阳高照与细雨霏霏，我宁愿选择后者。隔了雨雾去看深巷人家，看烟火朦胧，总仿佛不那么真切直接了，这是我喜欢的方式。大千世界，五色迷目，用不着清晰地去触及，还是隔着一些距离更好。哪怕是挂满雨珠的玻璃窗，看出去人影绰绰，灯火闪烁，也是疏离的美。

就在这么一个雨天，我走过长长的青石板路，住进一个有着斑驳老墙和乌黑檐瓦的老宅，仿佛天地一下子安宁下来。一切都静止了，只有雨一直下，淅淅沥沥，不轻不重，不深不浅，于是窗外的山河和闹市都远了。这样的一场雨，不下在别处，只下在床头小小的天地中，好雨留人睡啊。

醒来依旧是雨天，窗外天色已明，却是微微淡淡的阴，因为没有阳光，万物笼着柔和清冽的冷色调。或者暮春海棠将谢，仲夏芭蕉舒展，或者晚秋枫叶正浓，初冬蜡梅飘香，四季更替，只有雨落千年不变。若是读书久了，看雨从檐瓦上滴落也能解闷，似乎能永远看下去。看它们前仆后继、义无反顾地跌落，直至粉身碎骨，如此连绵不绝，雨归于大地，瓦归于天空，只有点点滴滴的絮语，归于这一刻听雨看瓦的人。

在没有网络和电的古代，雨天除了读书睡觉还能做什么呢？早春二月的清晨，夜雨将霁，连叫卖声也带着露珠般新鲜。“小楼一夜听春雨，深巷明朝卖杏花”，也许是想着花，也许只是听见卖花姑娘甜糯的呼声，你便起了念头，出门去买上几枝春色来装点案几。或是花开将半，今夜柔风细雨，你邀了二十年未见的好友相聚。为了款待好友，灶头上的黄米饭已经蒸熟，你还要冒着雨走上田间，“夜雨剪春韭，新炊间黄粱”，最深厚的感情，只有在最朴素的一蔬一饭中才能妥帖安放。待到初夏黄梅时节，处处雨声蛙声，多日不出门总觉得闷，于是你约了相熟的邻村棋友来彻夜长谈，可大概是雨势阻碍了他的步履，否则怎么会“有约不来过夜半，闲敲棋子落灯花”，真是略微恼人啊。过了春过了夏，秋天你去远游，途中遇见的这场雨虽然也是在小镇，却是离故乡千里之遥的巴蜀山区，就着雨落水涨的声音，你在灯下回复家人书信：何时共剪西窗烛，却话巴山夜雨时。

一场沛雨甘霖过后，诗词中的这些词句都逐渐苏醒，鲜活得仿佛亲历。千百年来中国文人的平凡生活，浓缩成平仄和韵脚，在字里行间跃跃欲出。南宋词人蒋捷的《虞美人》说得好：“少年听雨歌楼上，红烛昏罗帐。壮年听雨客舟中，江阔云低，断雁叫西风。而今听雨僧庐下，鬓已星星也。悲欢离合总无情，一任阶前点滴到天明。”歌楼的繁华散了，客舟的羁苦淡了，看惯悲欢离合，家国兴亡，心冷久了再难起波澜。也不是想起了谁，也不是想到什么往事，也许只是恰好走近一间僧庐，恰好遇到一场雨，又恰好把这一夜的点点滴滴写进了一首词。

这世上哪有那么多恰好呢。在我读这些写这些的时候，不一定有雨，当然雨天是更好了，但更多时候，雨只是下在心里，这就够了。

河在哪里，
桥就在哪里。

一场骤雨之后，
寨子里仿佛要出现什么了。

谁家昆曲能歌尽，
雨落平江如此声。

雨夜的古镇，
还等着未归的人。

^
点点滴滴，
或入梦中，
或到天明。

›
雨中檐瓦，
干净，湿润，清冷，
吸足了天地灵气。

第三章

花开

风物

暗香疏影

大概是因为生在冬天的关系，每年我总要寻梅而来，没有怀揣落寞的词句，亦没有心存浓烈的赞叹。喜欢梅花，仅仅是喜欢她从三千年前的诗经里走来，穿过魏晋古道，穿过唐风宋月的背影，清淡无比，而风骨无双。

南方的冬天还不足以凋零万物，老树枝干上俱覆以斑驳苔藓，如裹寒衣一般，默立不语。山苍子开了一树树的嫩黄，在阴翳之晨却失色不少。山谷里弥漫着隐世的气息，远远望见一团白雾洇开在泠泠青绿之上，那应该就是梅花吧。危岩之下，一株白梅正如霜似雪般倚着溪畔山崖，纵然“砌下落梅如雪乱”，可是即便如我们这样探梅的人，感叹之余，大约也不会在树下驻足良久，也就不再能见到“弗了一身还满”的样子。只有路上石，溪中水，一任点点斑斑，到花尽时。

友人说这些都是老树野梅，而非人工栽种，因此仅素白一色。野梅固然惊艳，但往往散落深谷寒溪，寻常人不易寻见，特意前来赏梅的游客寥寥无几，倒也成全了一片清幽之意。再精致的梅花丢到这山里来，要不了几年也该是粉饰尽去，独留一派山野的肆意天真了。归去已是月半，“寻常一样窗前月，才有梅花便不同”。虽然我的住处不曾种梅，却大约因为一连看了几天的梅花，也觉得那月色不比寻常。未来之前，总想着一年里能看过山中梅花，便已足矣。看过之后，却又惦记起了寺里古梅、园中红梅……

与山野有别，园林中最常见的还是红梅，大概只有红梅配得上“清喜”

二字，固然因香气而清，却也因颜色而喜。于檐下，于窗前，于庭外，这点点朱砂、宫粉、骨里红便是萧瑟冬月里的入髓入骨的暖意，似乎园林最宜红梅，红梅最宜雪后。仿佛踏雪寻梅时，寻的只能是琉璃世界里的一株红梅，就如《红楼梦》里的这般场景："于是走至山坡之下，顺着山脚，刚转过去，已闻得一股寒香拂鼻。回头一看，恰是妙玉门前，栊翠庵中有十数株红梅，如胭脂一般，映着雪色，分外显得精神，好不有趣！"

若以花寓人，妙玉便如同梅花一般不与世俗为伍，独自在冰天雪地中傲然开放。但说到精神，其实梅花开放也需要积温，真正在数九寒天里开放的多半还是蜡梅。唐诗"来日绮窗前，寒梅著花无"和"寒梅最堪恨，常作去年花"中的梅，指的都是蜡梅，并非此春梅。自以为是的人类总喜欢以自己的好恶来衡量万物，殊不知，轻寒之于梅，正如同昼暖之于百花般恰到好处。彼之砒霜，焉知非我蜜糖？

古人赏梅忒讲究，据《梅品》曰有二十六宜：淡云，晓日，薄寒，细雨，轻烟，佳月，夕阳，微雪，晚霞，珍禽，孤鹤，清溪，小桥，竹边，松下，明窗，疏篱，苍崖，绿苔，铜瓶，纸帐，林间吹笛，膝下横琴，石枰下棋。扫雪煎茶，美人淡妆簪戴等。其实没那么花样，只要折一枝在案头，哪怕只是画下它的样子，寄给故人，"江南无所有，聊赠一枝春"。梅花便宛如知己，将某个温暖的瞬间凝望成永恒。

知君不爱寻常色，暗自留香，凋尽孤芳，始是人间春意忙。

檐瓦之外，春光以内。

古建与梅才是绝配。

^
梅岗的这扇窗前，
有多少次的凝视。

›
纵有万紫千红，
只取一枝。

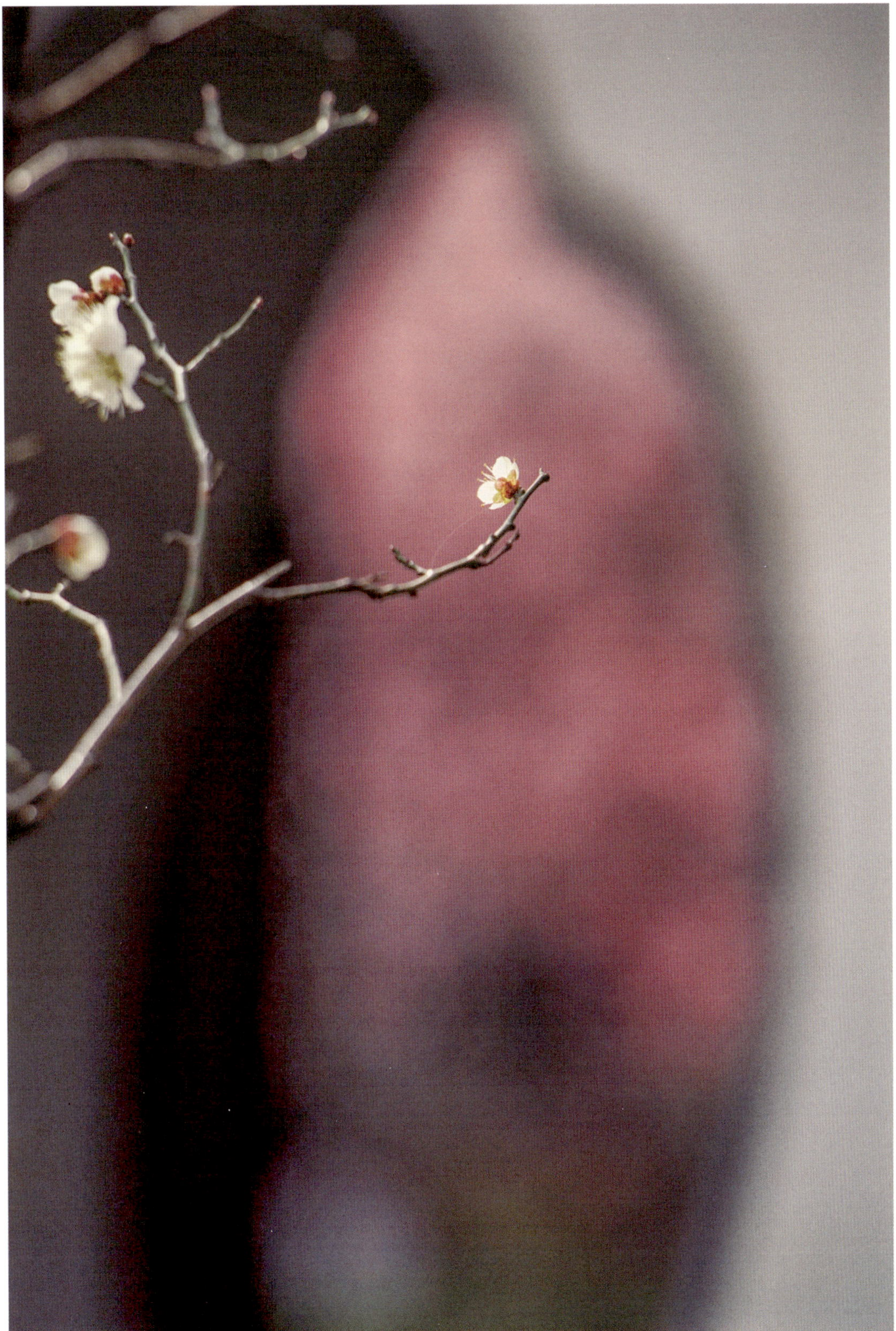

开在古寺前的梅花，
也有了佛性。

路上石，溪中水，
一任点点斑斑。

摇怜水风晚，
片片点汀沙。

花开如雪

据说樱花从盛开至凋零，不过短短七日。七日过后，所有绚烂归于尘，归于土。用一年的沉默来换七日的惊心动魄，它甘愿。

如今说起樱花，都会想到彼岸的日本，其实樱花源于中国，原产于喜马拉雅山脉。秦汉时期，宫廷皇族就已有栽种，至唐代，从宫苑廊庑到民舍田间，都已经遍植樱花了。可以想见，早春远眺，古意长安隐没在缭绕的粉烟中，如幻如真，却几乎没有脍炙人口的诗歌来传颂。多少回花开花谢，只能在故纸堆里寻得一点褪色的旧事。白居易有诗云："亦知官舍非吾宅，且掘山樱满院栽。上佐近来多五考，少应四度见花开。"又云："小园新种红樱树，闲绕花枝便当游。"某个春天，他从山野掘回野生的山樱花植于庭院，似乎看这样一树花开，就能看尽长安春色。

元代名士张茂卿以擅长字画闻名，家中亦供养了多位歌姬舞女，终日纵情声色。忽一日春光骤暖，院中的樱花次第绽放，张茂卿斜坐于樱花树下，管弦丝竹，歌舞作乐。酒至半酣，他举首忽见樱花，就此仰望许久，高呼："红粉风流，无逾此君！"樱花树下，却仍嫌不足，直至遣散了家中一众歌姬，方得安心。樱花胜于声色，这一传奇收于明人编纂的《花史》之中。

名士虽然爱花，赏花，却不知樱花最美时其实是它即将消逝的那一瞬间。素来赏花要趁早，赏樱却不能太早，也不宜太迟，早则不见花落，迟则尽是落花。最好是花开最盛时的一场风雨后，枝头有花开，空中有花落，地上有落花，整个天地都醉在一片风吹雪中，蝴蝶长出了新的翅膀，它们仿佛不再坠落，而是结伴高飞远去了。

植物园的兰室前有两株染井吉野，远远望着似云如雪，要钻进树丛才能一睹真容。只有花从不问开给谁看，也不会管走过的路人，不管他们是匆匆一瞥，还是久久为之驻足。它们只是在最短的时间里，把最浓的春意奉献给这片天地。通常观赏的樱花多是不育的，比如杂交的染井吉野，花虽美却没有果实，所以它们来到这个世间，盛开过，凋零过，听过鸟声，经过风雨，就是全部的意义了。至于被看见与不看，又有什么关系呢。

仿佛是为了公平，美丽的事物总是不会长久，一阵风过就是无数花落，有静态照片无法呈现的逝者如斯，树下水沟自然早就如铺粉毯，鲜亮的颜色还来不及被沾污，却有一种不忍直视的伤感。所谓“最是人间留不住，朱颜辞镜花辞树”大约就是如此吧。其实伤感只在人心，花开有信，花落有时，从不问美不美，该不该，只为春来春去，四时有序，更又何曾需要廉价的赞叹与怜悯。

樱花开得痛快，落得也干脆。想来它也是把凋零，用力成另一种绽放了。最匆忙的开与落，也要带着最大的笑容去努力完成，相形之下，我应该是惭愧的。人生苦短，活着时候开尽嫣然，绽放到极致，凋落时也毫不留恋，不悲不怨，直到枝头空空，一片干净。

年年总是，花开似雪，雪落如花。

浮生只愿，闲餐清露，醉饮流霞。

昨日雪如花，
今日花如雪。

山樱如美人，
红颜易消歇。

徽派的马头墙，
与樱花竟也意外地和谐。

凭谁问，
踏过樱花第几桥。

^
最美的春光,
不在东瀛,
只在身边。

›
和着檐铃声,
花瓣仿佛不在坠落,
而是结伴高飞远去了。

烂漫枝头，开尽一时芳华。

仙云昨夜坠庭柯，化作翩跹万玉娥。

^ 动人春色不须多。

› 雨中的寺庙里，花儿开也纷纷，落也纷纷。

天香云外

开在秋天的花，总不会太张扬，毕竟霜冷露重，西风寒凉，在万物收敛萧瑟的季节里，再如何低调地绽放，也是无法让人轻易忘却的。

我拍过那么多花花草草，桂应该算是很特别的。一簇簇黄花，那么细碎，又那么淡泊，开得小心翼翼，生怕惊了这个秋。纵然颜色最亮的丹桂，也没有浅碧深红那般讨喜，只是一味地拥在枝叶间，宛如碧天里的星子，有一种看得到却拍不出的美。索性放下相机，袭人的香气便裹着晚风，牵着寒意，不容置疑地扑入怀抱。一般香气馥郁的花，或清或浓，难以两全，桂花却能兼而有之。“清可绝尘，浓能溢远”，还渗着一丝丝甜香，绵绵痴缠，是为韵，是为仙。人们总是喜欢浓墨，胜于淡彩，喜欢绚丽，多于平淡。而桂花，有至清至浅的雅味，也有至浓至郁的气息。这样的双面佳人，怎不教人爱煞。

赏桂的好去处自然是杭州，灵隐和天竺山中遍植桂树。相传古时寺里僧人在秋夜拾到过“其大如豆，其圆如珠”的桂子，以为是自月中落下的仙物。“山寺月中寻桂子，郡亭枕上看潮头”，是钱塘繁华中最让人迷恋的风物。也难怪据说“金主亮闻歌，欣然有慕于‘三秋桂子，十里荷花’，遂起投鞭渡江之志”。桂何其无辜，没有理由去承担一个奢靡王朝灭亡的罪名，如此传说只能怪它太美好。

南宋以后，西湖群山之桂香，以满觉陇最胜。遥望数里，桂树成林，山道、村里均掩映于桂花丛中。每每秋来，翠柯绿叶上缀满一簇簇、一团团金粟银屑，风过花雨，香飘云外。高濂的《四时幽赏录》即记录了明朝时的盛景。“秋时，策蹇入山看花，从数里外便触清馥。入径珠英琼树，香满空山，快赏幽深，恍入灵鹫金粟世界。”如今满觉陇的秋，物是人非，花树依旧，除了路边停满轿车，大约也相去无几。只是赏花人的心事，已不知换了几番天地。

唐代段成式在《酉阳杂俎》中记载月中桂树“树创随合”，即砍树时创伤随时愈合，隐喻月有阴晴圆缺，是再生也是永生。据《南部烟花记》记载：“南朝陈后主为张贵妃丽华造桂宫于光昭殿后，作圆门如月，障以水晶，后庭设素粉罘罳，庭中空洞无他物，惟植一桂树，树下置药、杵臼，使丽华恒驯一白兔。丽华被素袿裳，梳凌云髻，插白通草、苏孕子，靸玉华飞头履，时独步于中，谓之月宫。帝每入宴乐，呼丽华为张嫦娥。”此情此景虽不似人间，可惜南朝并没有如月宫般永生，反而在陈后主手中断送。只有月中桂树，千万年如一夜，冷眼看人间的朝代更替。只是，忍着受伤又愈合的痛和漫无止境的永生，还是快意一世的短命，它愿意选择哪一个？

‹
点亮桂梢的微光，
是最后的夕阳。

^
甜香沁人心脾，
把空气染成让人垂涎的金黄。

^
折一枝桂，与谁倾心相对。

›
八月的秋风第一个阅读了，你的娇羞。

贪婪你那，
馥郁的、醉人的、沁心的香醇。

只想一口饮尽，
江南的半个秋天。

桂花，
你是秋天的一个主语。

亭亭净植

我虽然生在寒冬，却因与濂溪先生同姓，又加之祖上号“爱莲堂”的缘故，对荷花总有些难以割舍的情结，每年不能免俗地去看看她们，仿佛一期一会。哪怕台风来袭，也是风雨无阻。但更多时候还是无法想象之热，人生第四恨应是荷花偏逢酷暑。但也幸而酷暑有了荷花，盛夏里唯一值得期待的绽放，红白粉紫，就这样不动声色地铺陈给湖山，给天地，给我这样一个偶尔走近观赏的人。有时候，要离开炎夏，一百双鞋子也不够，而一片荷塘却已足矣。

每每在清晨六点之前起床，只怕错过这个最美的夏日拂晓。晨曦正好，你正好。时光如小小蜻蜓飞过，涟漪是谁的心事，乱了骄阳，绿了荷塘。若是微雨时分，更要去湖畔，雨是荷的另一种声音，荷在雨中读懂了自己和一个冒雨赏荷人的心事。傍晚的暑气终于退去了一些，花叶跟着风一起呼吸。靠近，再靠近一点，你的脸便瞬间绯红，开在夕阳里的荷，喝了谁酿的酒，醉成天边一抹酡颜。荷盛开时，并不骄傲，它固然有炫耀的资本，但是这季节，这温度，这不顾一切的热催着它不能低调地怒放。

我爱你明媚的花开，更爱花落后饱经风霜的样子。中通外直，不蔓不枝，哪怕一茎残荷，也与世间保持着若即若离、不卑不亢的风骨，在粼粼波光中遗世孤立，焦叶一半浸入池中，如一个优美的句子，沉默于水中央。即便化为淤泥，也不颓败，而是更深沉的爱，待明年，满湖菡萏也有旧时的香气。

中国文人的荷花情结源远流长，就好像一只船只有漂浮在水面上就才能称其为船，文人也需要一种精神依托，荷花实在承载着很多美丽的向往。捡一瓣落花为舟，折一片残叶作帆，在烟波浩淼的艺术天地之间去诗意地旅行，发微探幽竟如管中窥豹，莲与荷的清香，浸淫着五千年的文化传承，结出的果实滋味百般。也许是一个行吟诗人志趣高洁的追求，成为醒醉之间对于理想的憧憬。或是一种从苦海到净土的解脱，昭示着出自浊世而不染的境界。还是一个理学家对文人身心修养的定义，在隐忍、遁世、寄情、寻胜的莲池中，开出一种正心、修身、齐家、治国、平天下的盛景。生如夏花，却担负如此沉重的责任，你值得任何形式的厚爱与传颂。

白荷清净纯洁，红莲多情缱绻。即使残荷，在八大山人笔下也不再仅仅是一种风物，它是枯枝败叶的江山旧事，是进退维谷的虚无人生。据说八大山人是明皇室后裔，也是书画世界中依然如云山雾罩难以捕捉的幽灵，荷花完美的精神寄托在他的画中已经到达了悲怆的终极。似乎，这种枯萎印证了无论修身立命的人格如何完善，在大时代巨变面前依旧无能为力，但是至少还会有慰藉，有期盼，有希冀。残荷还可以留待听雨，可以化作春泥，毕竟心有清香，又何惧沉浮。

枕着蝉鸣，
拥窗外的一池清香而眠。

荷的美应该是从泥土里，
从骨子里散发出来的。

^
荷花灼人的光泽，
让季节无法直视。

›
你安静地站在一隅，
悠远了喧嚣尘年。

如果恰好有一阵风吹来，
阳光也正好，
那么荷的美就真切了。

一群盛开的红衣，
足以令眼前的清凉无限铺展。

第四章

访茶

风物

茶之路

| 江南 |

龙井村虽不隐秘，但地处山中，向来是踏青喝茶的好去处。最接近人间烟火的山谷，产出最负有盛名的绿茶，想必也算是沾了西湖的些许灵气吧。其实若不是为了新茶，单纯来这里走走也是无上享受，毕竟西就是一个神奇的方向，湖又是一种迷人的风景——况是西湖，况是西湖以西，况是西湖以西的暮春三月。花草渐乱人眼，茶园满目青翠，连踩过的泥土也比往日柔软厚重些，这是一个怎样被眷顾的时节啊！

七点之前出门，一切都还是静谧的。晨光比大地苏醒得更早，已经开始给山巅树梢和一些微妙的角落镀上亮色。从龙井村信步往东是龙井八景，乾隆六下江南，慕龙井山水与茶名，先后四次巡幸龙井，寻山问水，观茶作歌，作《龙井八咏》，御题“龙井八景”，誉为“湖山第一佳”。沿龙泓涧行，少见人踪，只有溪声潺流，鸟鸣婉转，却似在与人打招呼。被阳光雨露滋润过的茶园新绿，有时比五色花草更能牵绊我们的目光；就好像近乎无味的龙井新茶，有时比五味食材更能读懂我们的舌尖。

| 闽北 |

每次去武夷山，都会择一日走一回慧苑，友人曾言：“山居有四乐：朝行慧苑，夜下灵峰，僧庐听雨，云端喝茶。”可想自天心永乐禅寺至慧苑一路风景之美，尤以朝行为佳。过天心寺见茶园左行，便是倒水坑，一路茶树夹道，清香沁人，翠色欲滴。不久可见山崖相倚如门，其间仅可行一人，待入其中，又豁然开朗，清溪缓流，竹木相映，此即流香涧。两旁壁立苍石丹崖，青藤垂蔓，野草丛生，而其间又杂以丛丛山惠、石蒲、兰花。“坠叶浮深涧，飞花逐急湍。”一路沿涧而行，伴鸟声溪声，过慧苑坑，可见一处有如乡居的佛寺，便是慧苑寺。

相传朱熹曾在此小住，难怪寺门上口气不小地贴了“祇园”和“鹫岭”

之名，寺中殿内抱柱有楹联曰：“客至莫嫌茶当酒，山居偏隅竹为邻。”此句意境高远当为武夷山对联之首，而我却偏爱禅房门楣上僧人用红纸随意写的“去吃茶”三个字。走，“吃茶去”，此语所蕴之禅机妙理，只有那才下舌尖又上心头的清香能懂。为了消渴还是提神，为了静心抑或悟道，也许并非为了什么，只因我在这里，而茶在眼前。

| 云南 |

怎么会想到去南糯山，我几乎已经忘了，大概只是想去看看八百岁的古茶树。“南糯”为傣语，意为“笋酱”，也有“孔明山”之别称，尽管只是传说，当地哈尼族人始终坚信，南糯山的茶树，本为诸葛孔明所栽 。

默记着客栈大叔指的路，我向丛林深处而去，云也渐渐密布起来。三角梅和野杜鹃是一片浅绿与墨绿中，为数不多明亮的颜色。直到怀疑自己走错岔路，跟着背背篓的阿婆才终于找到被奉为茶树王的古茶树。怎么说呢，斑驳虬结的树干，撑起一片幽绿色的天，它像是一个大智若愚的老者，百年乃至上千年矗立于深山空谷之中，虽为恩宠也不失为一种历练。岁月有什么秘密，也会毫不保留地与他吐露吧。

住在山上的那晚，半夜急风骤雨，扰人好眠，晨起却回馈我一个薄雾缭绕的梦境。站在高山之巅，左手景洪，右手勐海，看着成片成片的古茶树交错延绵，虽在深山之中生长，却未曾放弃接触阳光的机会；在岁月变幻中不断沉淀，那是一种苦未尽，甘已来的绵长滋味。

茶之路，这条通往中国人精神原乡的旅程，大概一辈子也走不完了，可明天我还要继续出发。

龙井村四周群山环绕，
为茶的生长提供了得天独厚的优势。

“龙井”两个字，
读起来也口齿生香。

南糯山晨雾缭绕，
这里是普洱的故乡。

云南的古茶树都是乔木，
与江南灌木茶树迥然不同。

马头岩因形似马头而得名，
盛产香气霸道的肉桂。

^
从天心永乐禅寺后山，
就可以过倒水坑，至流香涧。

›
慧苑寺隐于坑涧深处，
寺虽小名声却不小。

茶之技

| 绿茶 |

清明过了，西湖诸山中便熙熙攘攘地热闹起来，葱郁的茶园中缀着朵朵浅黄色斗笠。信步龙井，驻足多时，直到采茶的妇人们将新茶过秤交割后相继离去，只余一个阿婆收拾，问了才知道那些妇人们是她雇来的采茶工。阿婆先是抱怨了几句采摘的叶芽太粗糙，又叹人工贵，茶价低，茶农的钱都被茶商赚去了。“不赚钱也要忙，看到新芽不采心里难受。”到村子里时，家家户户都已经摆出了炒茶电锅，据说现在不但柴火灶难寻，第一道杀青早就用上机器，就连回锅时“茶不离锅，手不离茶”，抓、按、捺、抖等每个动作能做到位的，也没几个老人了，更多时候成了做给人看的表演。所谓“无味至味”之神韵，大约只能存于想象，只有片片茶树从来不管人世变幻，年年奉上最鲜香的春天味道，这也该知足了吧。

| 红茶 |

去桐木关的那天，一切仿佛都那么美好，风和日丽，朋友也在村里早早候着。红茶鼻祖正山小种凭着“松烟香气、桂圆甜香”征服了全世界，制作传统小种的场所有个有趣的名字——“青楼”，因专用于茶青的萎凋和烘干而得名。先将鲜叶萎凋，再将复揉后的茶坯抖散摊在竹筛上，放进底层吊架上，燃烧的马尾松通过烟道输送烟气，茶坯在干燥的过程中不断吸附松香，使小种红茶带有独特的烟熏味。学习品鉴之后，谁知在去看采茶的路上，我们租的车因为避让一辆逆向行驶的小车而碰撞爆胎，无奈只能等待拖车。待归途时，已是暮色苍茫，远远望见山川峡谷间升腾起云雾，才发现竟然落起了小雨，所有的惊心动魄仿佛都在身后了，前路只有高山流水，过眼云烟。

| 岩茶 |

每年立夏前夕的武夷山，是最忙碌的茶季。为了不打扰朋友做茶，我住到了天心永乐禅寺里，白日里茶山逛游，晚间正好看看寺里师傅做手工茶。岩茶制作的关键在于做青，就是通过摇晃让茶叶碰撞，边缘互相摩擦受损，使其发酵形成“绿叶红镶边”，茶叶的香气也在摇青的过程中渐渐散发出来。摇青是十分考验做青师傅本事的，姿势手势十分讲究力气与巧劲，不能使蛮力。而且并不是接连不断地摇，摇一定时间后，便要停下静置走水，让茶青中的水分从叶脉向叶缘散发，以及让萎软的茶青重新坚挺还阳，并进一步氧化。我看看拍拍不过十几分钟，师傅们往往都要重复一个晚上，从黑夜到黎明的过程，也是岩茶“起死回生”的轮回。

| 普洱 |

从永德县城开车三个小时，才能到达朋友公益组织资助的布朗族村寨。这里已是中缅边境，有最纯洁的笑容，也有最艰苦的生活。多年以前的古茶树因为过度采摘都濒临死亡，在朋友们的抢救下恢复生机，还在村里修了路，建了茶厂，教村民采茶、制茶，再组织认购茶饼。村寨的生活逐渐有了奔头，临走之前，茶厂四哥教我们做了一块古树茶饼留做纪念。对于普洱茶来说，制作工艺简单粗放，即使珍贵的古茶树，往往也需要后天的转化才得以升华。人力再加上时间，才能赋予普洱生茶渐入佳境的口感，相信也能帮助村寨人们化解更多的困惑吧。

都说时间是最好的制茶师，也许当尝过人间千滋百味之后，只有茶能陪我们慢慢变老。

清明过后，
龙井村的家家户户都开始制茶。

刚刚采下的茶叶，鲜嫩水灵，
等待一个涅槃的过程。

传统正山小种，
要经过在木质屋里的烟熏制作。

雨后的桐木关，
烟云过眼，恍如一梦。

岩茶的采摘看似粗放，
也有不少讲究。

摇青的过程，
往往需要持续一夜。

刚刚采下的岩茶，
先要经过晒青使鲜叶失水。

茶之味

一个中国人的舌头，是不会没有尝过茶的滋味的。柴米油盐酱醋茶，茶尽管被排在最后，却绝非等闲视之，反而像是压轴一样，再丰美的宴席，也需要一杯清茶，来起承转合，才是圆满。

我相信，茶不是诞生在神农氏解毒的传说中，而是产于南方先民们日常生活的偶然与经验的重复碰撞之下。如果仅仅为了解渴，喝水即可，但是水中多了茶，就多了许多解渴以外的东西。提神也好，祛病也好，甚至萌芽出文化也好，这种自然馈赠与先人智慧的结晶，融化在似水流年中，平添了一种不浓不淡、恰到好处的味道。万物无言，不会机语，却时时刻刻在和我们交流。古时候的茶不似今日，唐代以前“用葱、姜、枣、桔（橘）皮、茱萸、薄荷等，煮之百沸”，无疑是一碗即辣且咸的汤。及至唐代，《茶经》中说煎茶时还要“调之以盐”。宋代的点茶法则是要把嫩叶榨干苦涩茶汁，加入龙脑香料甚至淀粉，做成“香甘重滑”的茶饼。直到明代以后，散泡法的茶才接近我们今天喝到的茶之本味。

其实无论怎样，茶的个中滋味已经镌刻进了中国人千百年记忆的深处，偶然触碰也是才下舌尖，又上心头。小时候，家中喝绿茶，并不讲究什么，只记得粗瓷壶中总有温热而微苦的茶水等我回家，累了渴了便牛饮几口，不辨香气味道，更无两腋之下习习生风之感。后来家中的粗瓷壶换成了保温杯，再后来，有过各种茶器与茶具，陶瓷、紫砂、琉璃……甚至还收藏了古瓷。茶的种类也越喝越多。龙井的豆香，岩茶的岩韵，白茶的鲜爽，小种的烟熏，普洱的醇厚……尝遍茶味万千，但总觉得离不开“甘苦”二字。

其实人生也不过如此，悲欢交错，苦乐兼有。那些对跌宕人生无动于衷的人，大概也不善于品茶。如今越来越多的年轻人爱上喝茶，也许喝惯茶的人，对于前路风雨，也不比别人能多承受些。“回首向来萧瑟处，归去，也无风雨也无晴”，终有一天，他才会发现茶是最好的解药，能包容所有无声的告别和不期的相遇，所有经历的欢喜和不如意，都可以在一杯茶中被瓦解，被原谅。浓也好，淡也好，都是这一杯的味道，甘也罢，苦也罢，都是这一生的过程。月色微淡，趁着天光还未沉寂，不如同饮一盏？

君子之交淡若水，所以说，茶者，君子也。茶是有风骨的君子，无论热火烹制，还是沸水冲泡，都无法退去它与生俱来的品格，哪怕经年之后，依然散发着芬芳而清苦的骄傲。既见君子，云胡不喜！手捧一杯茶，总会想到你，和对的人一起喝。清水煮茶，看壶中的茶叶翻滚，茶汤逐渐泛浓，杯盏在茶水浸润下，慢慢变温热，又缓缓归于平淡。这种温润知味的气息，让人觉得妥帖、舒畅，即使不说话，就这样静静地喝，足矣。

真正敏锐细腻的人，大概对于茶的微妙之处能说上一大篇，可惜愚钝如我，不过是略知茶的好坏而已。也许对于一杯茶，无论等级如何，滋味怎样，在入口的那一刻，始终保持着平常心，它就依然只是一杯茶，再没有其他。等回味的时候，你才会发现茶的味道，远远不止在口舌之间，它在庙堂之高，在江湖之远，藏在所有东方灵魂的皱褶里，每一次的舒展都是一次充盈。

如果要做一种植物，我宁愿化身为一颗茶树。采撷之前，我是南方的一株嘉木；涅槃以后，我是中国的一种味道。

‹
夕阳里,
茶汤的颜色格外诱人。

^
杯里倒映出的树影,
也是茶的颜色。

^
一杯茶，一泓泉，
一个清凉天地。

›
蝴蝶，
也是闻香而来吗？

云端喝茶，
有风的味道。

茶之道

一个早熟的民族，哪怕在吃喝这样本能为之的事情上，也会去思考，一不小心还能思考出一些门道。中国古代有不少关于“茶道”二字的记载，但真的有所谓的“茶道”吗？

中国人至少在唐代或唐代以前，就将茶饮作为一种修身养性之道。唐代《封氏闻见记》中就有这样的记载：“茶道大行，王公朝士无不饮者。”在吕温的《三月三茶宴序》中记载：“三月三日，上巳禊饮之日也。诸子议以茶酌而代焉。乃拨花砌，憩庭阴，清风逐人，日色留兴。卧借青霭，坐攀花枝，闻莺近席而未飞，红蕊拂衣而不散。”

唐代的煎茶法步骤极其复杂，包括备器、选水、取火、候汤、藏茶、炙茶、碾茶、罗茶、煎茶、酌茶、品茶等。火焰的明亮，水沸的声音，热气升腾与香味弥漫，这些熨贴着我们的感官，把一杯茶的色香味温推向高潮。其中每一个充满仪式感的场景，都贯穿以时间流逝，仿佛只有沉浸于当下，一饮一啄，片刻才是永恒。

和唐代的煎茶法不同，宋代的点茶法是将团茶或茶饼碾碎成末放置于茶碗，注入少量沸水调成糊状，然后再注入沸水，或者直接向茶碗中注入沸水，同时用茶筅搅动，茶末上浮，形成粥面。并以咬盏持久，着盏无痕为胜。据宋代袁文《瓮牖闲评》云：“古人客来点茶，客罢点汤，此常礼也。”说明点茶是宋人的普遍待客之道。据说点茶高手能通过注汤和击拂，汤纹水脉就会变幻出各色的山水云雾，花鸟鱼虫，甚至文字诗章，雅到骨子里的宋代文人们，精神世界有时太过于宏大，宏大到整个天地也不够盛放，有时又太过精细，细小到一个小小茶盏就可以容纳。

直到明代，朱元璋废团改散，碾末而饮的唐煎宋点茶饮法，变成了以沸水冲泡叶茶的撮泡法，开千古清饮之源，如此便接近我们今天最普遍的饮茶法。在明代文人画作中高士们或于山间清泉之侧抚琴烹茶，或于水榭草亭之中相对品茗，而水声、风声、琴声、与壶中汤沸之声融为一体，画中人与看画人亦仿佛一场知遇。简便的冲泡法让茶能更方便地融入自然山水，明代人以为这种饮法“简便异常，天趣悉备，可谓尽茶之真味矣”。

只是兜兜转转，走到今天，茶又似乎徘徊于所谓茶道与茶艺之间。确实茶曾在寺院中盛行，源于它能有助于僧人坐禅时的提神静心。两相契合相得益彰，由此，茶成了禅修的一种重要形式，从一种闲适饮品走向精神境界的深处，而“禅茶一味”的标榜也使“茶”上升到了礼法的高度。只是其实在中国古代，茶从来不是一种高深的艺术与宗教行为，如此便已远远脱离了它最初的本心，凡夫平民似是难窥堂奥，茶之真味似已不是人间之味了。

至于如今所见之茶艺，无论表演还是比赛，总有人认为需要有炫技的手势，上等的好茶，精美的茶器，繁复的步骤才是一次好的茶道。有人哀叹中国已经丧失了茶道，不像东瀛那样保留着茶道的渊源与精髓等。然而深究之下，茶道是日本传承中国茶艺后，与本土文化结合的产物，中国从来没有那种“超越饮用形势理想化以上的东西”，没有“一种审美主义的宗教”，如今人们不去研究博大精深的茶文化，反而追求复兴并不存在过的茶道，岂非舍本逐末。

“吃茶去”不只是一声棒喝，也不只是明心见性，茶只是生活中平凡不过的饮料。“茶为食物，无异米盐”，渴了困了，都会想到去吃茶。人在这里，茶在眼前，就不妨以最平常心，做最平常事而已。

陆羽因著《茶经》而被尊为“茶圣”。

午阴闲淡茶烟外。

^
樱花落满茶席，也是一期一会。

›
一瓶春水自煎茶。

‹
彼岸花开的竹林里，
为谁布下一席茶。

^
猫先生的茶席，
要有荷花来点缀。

山人不喜红尘物，
心头无事醉岩茶。

醉
山人不喜红尘物

第五章

岁时风物

传统节日

不舍昼夜的时光长河里，偶尔闪亮的光斑，总是值得珍藏。节日不能只有假期、团聚和吃喝，节日的味道除了某一种特定食物的味道，更多的应该是经过岁月摩挲后的历久弥香。

元宵节

元宵节，又称上元节、小正月、元夕或灯节。正月十五是一年中第一个月圆之夜。据《史记·乐书》记载："汉家常以正月上辛祠太一甘泉，以昏时夜祠，到明而终。"东汉佛教传入，为了弘扬佛法，汉明帝下令每年正月十五夜在宫中和寺院"燃灯表佛"，从唐代起，元宵张灯即成为法定之事。到了宋代，民间即流行最早叫"浮元子"的食物，后称"元宵"。北方"滚"元宵，南方"包"汤圆，万火千星消散后，一灯如月为谁明。

花朝节

花朝节，简称"花朝"，俗称花神节、百花生日、花神生日等。最早在春秋《陶朱公书》中已有记载："二月十二日为百花生日，无雨，百花熟。"其时正值春好，世人多结伴赏花祭神，装狮花、放花神灯等，闺中女子剪了五色彩笺，取了红绳，把彩笺结在花树上，谓之赏红。

上巳节

上巳节，俗称三月三，起源于兰汤辟邪的巫术活动之说，用兰汤以驱除邪气，人们结伴去水边沐浴，称为"祓禊"。《论语》有记："暮春者，春服既成。冠者五六人，童子六七人，浴乎沂，风乎舞雩，咏而归。"《周礼》郑玄注："岁时祓除，如今三月上巳如水上之类。"后世又增加了祭祀宴饮、曲水流觞、郊外游春等内容。

寒食节

寒食节，又称禁烟节、冷节、百五节，为清明前一天，禁烟火，吃冷食。相传春秋时期晋国大臣介子推与晋国公子重耳曾流亡列国，介子推曾割股肉供文公充饥。文公复国后，子推归隐绵山。文公焚山以求之，子推坚决不出，抱树而死。文公于是下令于子推焚死之日禁火寒食，以寄哀思。寒食清明两节相近，久而久之，便合为一个节日，并增加了祭扫、踏青、秋千、蹴鞠等风俗。

端午节

端午节，又称端阳节，午日节、五月节等。农历五月初五，时值仲夏，最初是古人祛病防疫的日子，《大戴礼记·夏小正》记载："五月，……煮梅，为豆实也，蓄兰为沐浴也。"古人挂艾草昌蒲，饮雄黄酒、佩香包以避瘟驱毒。后因楚人屈原在此日投江，为祭奠凭吊之而立此节，吴越之地也有纪念伍子胥、曹娥等说法，更有龙舟竞渡、食粽祭祀等习俗，粽子即"角黍"，《本草纲目》记载："今俗五月五日以为节物相馈送。或言为祭屈原，作此投江，以饲蛟龙也。"

乞巧节

乞巧节，又名七夕节、女儿节等。起源于汉代，七夕（农历七月初七）的牛郎织女传说，最早来源于人们对星宿的崇拜，汉代《淮南子》中始有"乌鹊填河而渡织女"之说，节俗是晒书及晒衣，向牵牛织女双星乞愿，后才以女性乞子和乞巧为主。有穿针、吃巧果、拜织女等俗。迢迢牵牛星，皎皎河汉女。纵然天上罕相逢，总未抵，人间离苦。

中元节

中元节，俗称鬼节、七月半，佛教称为盂兰盆节。七月半原是民间初秋庆贺丰收、酬谢大地的节日，因农作物成熟，民间按例要祭祖。后传说此日开地狱之门，已故祖先可回家团圆，因此又是鬼节，有祭祖、上坟、点荷灯等民俗。七月十五又是道教中元地官生日。佛教中“盂兰盆”梵文意为“救倒悬”，引申为用盆子装满百味五果，供养佛陀和僧侣，以拯救入地狱的苦难众生。

中秋节

中秋节，又称仲秋节，因主要与月有关，又称“月节”“月夕”；金风初度，佳节月满，又叫“团圆节”。《礼记》记载：“天子春朝日，秋夕月”，故中秋可能起源于古代祭祀。又因“庄稼成熟曰秋”，为了庆祝丰收就以中秋作为节日。一年中最好的时光，红榴累累，白露悠悠，燃灯猜谜，赏桂尝饼。将万古长天，且换取，今朝月圆。

重阳节

重阳节，节期在每年的农历九月初九，由秋天丰收祭天祭祖演变而来，屈原的《远游》诗中有“集重阳入帝宫兮”之句。汉《西京杂记》称：“九月九日，佩茱萸，食蓬饵，饮菊花酒，云令人长寿。”农历九月初九后演变为踏秋、祈寿之佳节。此日，宜访秋登高，宜插遍茱萸，宜举觞持螯，宜赏菊怀人，独不宜碌碌于俗事。

腊八节

腊八节，俗称“腊八”，节期在每年农历十二月初八。古有在腊月祭祀祖先神灵、祈求丰收吉祥的传统，也喝“腊八粥”。“腊八”起源于南北朝，相传这天是佛祖释迦牟尼成道之日，又称为“法宝节”，本为佛教节日。岁终之月称“腊”：一曰“腊者，接也”，寓有新旧交替之意。二曰“腊者同猎”，“腊”从“肉”旁，就是用猎取禽兽之肉“冬祭”；《周礼》《周易》中已有关于“肉甫”和“腊味”的记载，岁寒，然后知腊味之香浓也。

小年

北方地区的小年是腊月二十三，南方大部分地区是腊月二十四过小年。在北宋时，小年称为“交年节”，南宋时则称为“小节夜”。小年是民间祭灶的节日，源于古人拜火习俗。此外，还有扫尘、沐浴、剪窗花、贴春联等习俗。

除夕

除夕，为岁末最后一天的夜晚，即农历十二月三十夜。岁末的最后一天称为“岁除”，意为旧岁至此而除，另换新岁。“除夕”是岁除之夜的意思，又称大年夜、除夕夜、除夜等，自古就有祭祖、守岁、团圆饭、贴年红、挂灯笼等习俗，寒随一夜去，春逐五更来。晋朝周处所著的《风土记》中说：除夕之夜大家各相与赠送，称“馈岁”；长幼聚欢，祝颂完备，称“分岁”；大家终夜不眠，以待天明，称“守岁”。

昨夜烟花璀璨，夜空绚烂。在每一个值得被铭记的节日里，祝福的话，说与不说，都是最美的绽放。

元宵節

花朝節

上巳節

乞巧節

端午節

寒
食節

重
陽節

中
秋
節

腊
八
節

二十四节气

年少的时候，懵懵懂懂过日子。春去夏来，花开了不过看一眼，雨来了不过撑把伞，几乎把所有精力都浪费在无病呻吟里，未曾真正去感受一番四时变化之美。当四季日益模糊的时候，节气的话题却开始逐渐炽热起来。立春、雨水、惊蛰、春分、清明、谷雨……它们像一个个蛰伏的小动物，似乎从来没有远离过，只是沉睡在我们身边。一旦你迈出寻找的脚步，就会被轻易惊醒，然后带着花开叶落的明朗颜色，与水涨云消的清新气息，扑进你的怀中，等待一场久别重逢的宠爱。

立春

东君初醒，岁时之元。
坚冰渐解，和风自暄。
咬春佐酒，迎春画门。
小园静处，梅弄黄昏。

雨水

地气为云，天一生水。
东风频来，春雨不止。
润木萌芽，沾花湿蕊。
铅霜洗净，独行素履。

惊蛰

一鸣初响，万物始长。
雷发东隅，声动西壤。
蜂蝶蹁跹，稼穑来往。
谁看枝头，新绿初上。

春分

仲春之月，昼夜均分。
菜花遍野，桃李缤纷。
宜饮春酒，且卧岭云，
碧山雨后，啼声可闻。

清明

春城日暖，寒食火停。
含泪上冢，放歌踏青。
一日悲喜，一时醉醒。
茔前花木，独自娉婷。

谷雨

雨生百谷，清净明洁。
土膏脉动，至此霜绝。
棉花好种，新茶可撷，
布谷声里，一年春别。

立夏

斗指东南，维为立夏。
天热且长，物大而假。
戏称人重，还斗蛋耍。
花影婆娑，笑语窗下。

小满

物致于此，小得盈满。
阳气将极，阴气初诞。
树茂草幽，风晴日暖。
倚栏闲观，夏云聚散。

芒种

泽草所生，种之芒种。
苗谷争时，农事接踵。
鹃鸣于枝，人忙在陇。
梅子初黄，雨落云涌。

夏至

昼晷云极，日长之至。
物感一阴，天循四季。
蝉躁好鸣，夜炎难寐。
快雨时惊，一池红翠。

小暑

炎夏时节，烈日生烟。
才出梅雨，便入伏天。
林草碧碧，莲叶田田。
凉风安在，吹梦枕边。

大暑

溽暑连绵，热气犹大。
稻熟禾黄，土湿雨霈。
宰羊庆节，送船盛会。
梧桐未秋，层荫如盖。

立秋

万物肃敛，天高云薄。
秋风乍来，桐叶初落。
瓜熟味甜，蝉老声弱。
一点新萤，无边寂寞。

处暑

暑气渐消，至此而止。
石榴灼灼，红枣累累。
巧云在天，河灯随水。
中元之时，莫谈生死。

白露

金风频送，阴气渐强。
清茶当酒，白露为霜。
鸿雁南去，游子北望。
不见伊人，但觉秋凉。

秋分

阴阳相半，昼夜平分。
霜叶染色，丹桂流芬。
秋夜听雨，晴空望云。
月圆人在，把酒留君。

寒露

露气寒冷，将欲凝结。
残荷零落，秋水明洁。
登高好望，故土难别。
西风心事，更与谁说。

霜降

气肃而凝，露结成霜。
枯木挂柿，飞鸟来啄。
榴熟子落，有鼠为仓。
稻梗凝白，寒窗冷霜。

立冬

一冬初至，万物收藏。
寒衣方换，饺子可尝。
进补宜药，取暖需汤。
水冻霜冷，日落西塘。

小雪

地寒未甚，雨下凝珠。
絮添锦袄，针走绣襦。
腌腊初制，菘蔬入厨。
晚来欲雪，可饮杯无？

大雪

一年岁暮，至此雪盛。
万树皆花，千里尽净。
冰蕊堪玩，玉琼可映。
拥被临窗，口占新咏。

冬至

日短之极，阴极之至，
阳气始生，行于天地。
一线已添，九九待记。
煮雪烹茶，还说旧事。

小寒

滴水成冰，寒气将极。
林鹊巢南，征鸿望北。
一夜劲风，炉火渐熄。
明朝雪晴，故人堪忆。

大寒

阳气渐强，阴寒未灭。
冰不留痕，松难荷雪。
炮竹声惊，更漏声咽。
一岁将除，共此佳节。

南国的梅花已经纷纷开谢，它们愿意把一生中最热闹的事，留在去年的山上，等脚步声渐行渐远。站在第二十四道高岗上，我真的看到了久违的你。只是在多年以后的今天，退去传统生活的华丽外衣，还能不能依稀可见动人的风骨呢？可即使它们与如今的物候时令、生活习俗不再那么准确地吻合对应了，这一个个无比简单却蕴含着无数情感的词语，依然值得任何形式的赞美与怀念。那些田园风景与古典诗词般美丽的名称，是我们永远回不去的乡愁。

雨水

春分

清明

穀雨

立夏

芒種

小暑

大暑

秋分

霜降

立冬

小雪

大雪

冬至

农历月

相比太阳，先人们大概会更多地注目于月亮，因为太阳的光芒太过耀眼，而月亮的光芒比较柔和。眼中明月，心有盈亏，从新月到满月，那些与阴晴圆缺有关的，除了诗酒，更多是风云变幻和万物生长。

农历并不是纯阴历，而是一种阴阳合历，取月相变化周期即朔望月为月的长度，加入干支历“二十四节气”成分，参考太阳回归年为年的长度，通过设置闰月以使平均历年与回归年相适应。但其中的十二个月是以月相盈亏为周期制定的，也就是阴历部分。

农历一月也叫正月，宋代吴自牧在《梦梁录·正月》中说：“正月朔日，谓之元旦，俗呼为新年。”正月又称端月，那是秦朝为避始皇之忌讳，正与嬴政的“政”谐音，故而把正月改为端月。《后汉书·冯衍传》中说：“开岁发春兮，百卉含英。”这里的“开岁”也是指农历一月。 此外农历一月还有孟春、嘉月的别称。

“春色满园关不住，一枝红杏出墙来。”农历二月花开，故称杏月。又因二月处于春季之中，又叫仲春。此时百花相继盛开，故称花月。《尔雅释天》说：“二月为如。”据郝懿行义疏云：如者，随从之义，万物相随而出，如如然也。农历二月因而又称如月。

春夏秋冬，三个月为一季，农历三月因是春季的最后一月，便叫作季月。桃花尽日随流水，暮春季节，落英缤纷，好似溪水流霞，于是农历三月的别称又为桃月。杜甫诗云：“留连戏蝶时时舞，自在娇莺恰恰啼。”农历三月还有莺月、晚春、暮春、蚕月等别称。

农历四月是夏季的第一个月，故称初夏、孟夏。《礼记·月令》有云：“孟夏之月，麦秋至。”蔡邕在《月令章句》解释为：“百谷各以其初生为春，熟为秋，故麦以孟夏为秋。”四月便称麦月。时值梅子黄熟，唐代柳宗元所作《梅雨》云：“梅实迎时雨，苍茫值晚春。”所以四月也叫作梅月。

农历五月最常用的别称为仲夏，它处于夏季之中。唐代韩愈诗云“五月榴花照眼明”，故而有榴月之称。《尔雅·释天》说：“五月为皋。”郝懿行义疏云：“皋者，同高也，高者上也，五月阴生，欲自下而上，又物皆结实。”因此五月又称为皋月。

《易·系辞上》中说：“日月运行，一寒一暑。”农历六月有暑月之说。“荷叶罗裙一色裁，芙蓉向脸两边开。”荷花是暑月里最难得的清凉之物，故把六月称为荷月。此时正值三伏天，是一年中最酷热的日子，农历六月又被称为伏月。

农历七月是秋季的第一个月，谓之新秋。古时，瓜果成熟也在秋天，《诗·豳风·七月》说：“七月食瓜，八月断壶。”故而农历七月称作瓜月。此时天气逐渐转凉，也有凉月之别称。

秋季的农历八月，谓之仲秋。《尔雅·释天》云：“八月为壮。”郝懿行义疏云：“壮者，大也。八月阴大盛，《易》之大壮，言阳大盛也。”故称农历八月为壮月。“桂子月中落，天香云外飘。”唐人诗句里的桂子飘香，吹落人间，又赋予其桂月的美称。

“青女素娥俱耐冷，月中霜里斗婵娟。”农历九月的别称除了霜月外，还有季秋、菊月、玄月等。黄巢在《不第后赋菊》中写道：“待到秋来九月八，我花开后百花杀。冲天香阵透长安，满城尽带黄金甲。”

秋去冬来，露水多生，农历十月的别称有初冬、开冬、露月、良月等。乡间开冬之后，收成已毕，正值农闲，旧时娶亲嫁女等操办喜事便选在此时，良辰美景，故称良月。

《礼记·月令》有云：“仲冬之月，命之曰畅月。”郑玄的注解为：“畅，犹充也。”因此农历十一月的别称为畅月。而孙希旦的集解是，“畅，达也。时当闭藏而畅达之，故命之曰畅月，言其逆天时也。”此外，只有在冬月里的葭草才会吐出“绿头”，又称葭月。

从周代开始，古人把农历十二月作为腊祭的日子，以狩猎禽兽祭先祖。据《荆楚岁时记》中记载：“十二月八日为腊日。”到了秦朝时，将农历十二月定为腊月，以后沿袭之。“今我不乐，日月其除”，除是去。送旧迎新有除夕，故农历十二月有除月之称。

与农业息息相关的农历，是古人对时间流逝、季节更替最朴素最智慧的解读。时光就这样在人们的度量与梳理之下，默默地滋养着大地与大地上的我们。

正月

嘉月。

二月
如月。
花月，
又称仲春，

三月
桃月。
莺月，
又称暮春，

四月
又称初夏，
梅月，
麦月。

五月
又称仲夏，
榴月，
皋月。

六月
伏月。
荷月，
又称季夏，

七月
凉月。
瓜月，
又称新秋，

八月
又称中秋，桂月，壮月。

九月
又称晚秋，玄月，菊月。

十月
又称孟冬，
露月，
良月。

十一月
又称仲冬，
葭月，
畅月。

十二月
又称残冬，
腊月，
除月。

十二时辰

如果你嫌一年的时间太长，那么可以用一天的时间去感受逝者如斯的不舍昼夜，去体会光阴流转的不可抗拒。

夜半、鸡鸣、平旦、日出、食时、隅中、日中、日昳、晡时、日入、黄昏、人定——这些曾经代表着时间的名字，终于也不可避免地湮灭在时间的长河里。谁还记得它们在西周时就已使用，那时人们已会用“铜壶滴漏”计时。汉代之前，这些时间称谓多有不同，直到汉代太初年间，中国开始实行了太初历，“其以一日分十二时，而以干支为纪”。

子时

·夜半·

子时，又称子夜、中夜，十二时辰的第一个时辰，是今明两天的临界点，也是常说的三更天。人们最早把“夜半”作为时间名词来使用的例子，见于《左传·哀公十六年》：“醉而送之，夜半而遣之。”

丑时

·鸡鸣·

丑是“扭”的本字，天地间似有一双大手，把夜幕与白天互相扭转。曙光初现，雄鸡啼鸣，拂晓来临。《春秋左传正义》中有记：“鸡鸣而食，唯命是听。”鸡被古人褒称作“知时畜也”。

寅时

·平旦·

太阳露出地平线之前，是日夜交替之际，也是黎明之时。《孟子·告子上》中的“平旦之气”，是所见“平旦”一词的最早用例。这句里的“气”，是指“天空的云气”。

卯时

·日出·

卯时，指太阳刚刚露脸，旭日东升，光耀大地。因是古时官署开始办公的时间，故又称点卯。这个词最初见于《诗经·桧风·羔裘》：“羔裘如膏，日出有曜。”

辰时

·食时·

辰时，即古人“朝食”之时。“食时”一词，早在《礼记》中就出现了。例如：“故君子仕则不稼，田则不渔，食时不力珍，大夫不坐羊，士不坐犬。”

巳时

·隅中·

临近中午，艳阳当空，蛇正潜伏在草丛中，是为巳时。《淮南子·天文训》中最早出现“隅中”一词：“至于桑野，是谓晏食；至于衡阳，是谓隅中；至于昆吾，是谓正中。”

午时

·日中·

太阳已经运行到中天，就是正午的时辰。上古时期，人们把太阳行至正中天空时作为集市交易的时间标志。有例为证："日中为市，致天下之民，聚天下之货，交易而退，各得其所。"

未时

·日昳·

过了正午，太阳偏西，以中天为界，这时太阳位置与隅中是相对的。日仄通日昃，《说文》释为："昃，日在西方时，侧也。"《史记·天官书》："旦至食，为麦；食至日昳，为稷。"所以未时也称日昳。

申时

·晡时·

《淮南子·天文训》篇中说到："（日）至于悲谷，是谓晡时。""晡时"对于古人来说，就是第二次进餐之时。

酉时

·日入·

太阳落山，这是夕阳西下的时候，鸡在此时归巢。古时，人们又将"日出"和"日入"分别作为白天和黑夜到来的标志。《元史·日历志》说："日出为昼，日入为夜。"

戌时

·黄昏·

《说文》中有记:“黄，地之色也。”“昏，日冥也。”黄昏，就是太阳落去，天色欲黑未黑的时候。天地昏黄，万物朦胧，故称黄昏。

亥时

·人定·

十二时辰的最后一个时辰。传说这时候猪的鼾声最为响亮。也是人事休停，安歇睡眠的时候。最早见于《后汉书·来歙传》:“臣夜人定后，为何人所贼伤，中臣要害。”《孔雀东南飞》就有“奄奄黄昏后，寂寂人定初”的诗句。

时光，无论用什么名字来称呼你，也无法唤回你前行的脚步。如果我能用十二个时辰来走遍中国，那么夜半，我会在四明山的古村里望一轮明月；日出，我要在唐克的黄河边盼一抹晨曦；食时，我会在禾木村的山坡上看一缕炊烟；晡时，我会在乌兰布统的草原上拍一刻光影；黄昏，我要在纳木错的湖边等一片晚霞……

难道我们真的要用自己有限的生命去追逐不朽的时间？其实无论我们是否在行走，时间永远是走在我们之前。哪怕藏起所有的钟表，哪怕忘记所有的时辰，都无法阻止自己的第一道额纹与第一根白发。曾几何时，我们不敢再开门看满院的月光，更惊怯于破晓的鸡鸣，只会凭着直觉去追逐那些逝去的影子。可是空间上再遥远的跋涉，也赶不上时间的一个回眸，但是我知道她永远会在前方静静地看着，或许等到生命尽头，或许直到天荒地老。

平旦

日出

食時

日昳

晡时

日入